El
Sol
Katie Gillespie y
Heather Kissock
EYEDISCOVER

Ve a **www.eyediscover.com** e ingresa el código único de este libro.

CÓDIGO DEL LIBRO

AVM36955

EYEDISCOVER te trae libros mejorados por multimedia que apoyan el aprendizaje activo.

Published by AV² by Weigl
350 5th Avenue, 59th Floor New York, NY 10118
Website: www.eyediscover.com

Library of Congress Control Number: 2019936137

ISBN 978-1-7911-0802-1 (hardcover)

Printed in Guangzhou, China
1 2 3 4 5 6 7 8 9 0 23 22 21 20 19

042019
111918

English Editor: Katie Gillespie
Spanish Project Coordinator: Sara Cucini
Designer: Mandy Christiansen
Spanish/English Translator: Translation Services USA

Weigl acknowledges Getty Images, iStock and Shutterstock as the primary image suppliers for this title.

EYEDISCOVER proporciona contenido enriquecido, optimizado para el uso en tabletas, que complementa este libro. Los libros de EYEDISCOVER se esfuerzan por crear un aprendizaje inspirado e involucrar a las mentes jóvenes en una experiencia de aprendizaje total.

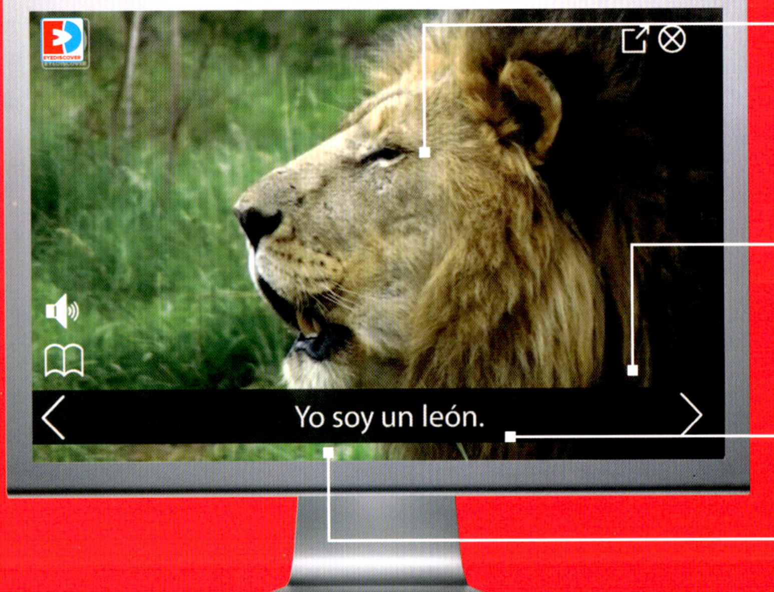

Mira
El contenido de video da vida a cada página.

Navega
Las miniaturas simplifican la navegación.

Lee
Sigue el texto en la pantalla.

Escucha
Escucha cada página leída en voz alta.

Tu EYEDISCOVER con Seguimiento de Lectura Óptico cobra vida con...

Audio
Escucha todo el libro leído en voz alta.

Video
Los videos de alta resolución convierten cada hoja en un seguimiento de lectura óptico.

OPTIMIZADO PARA

- TABLETAS
- PIZARRAS ELECTRÓNICAS
- COMPUTADORES
- ¡Y MUCHO MÁS!

En este libro, aprenderás

- dónde se encuentra
- por qué es importante
- cómo afecta a la Tierra

¡y mucho más!

El Sol es una enorme bola de gases en llamas que da calor y luz a la Tierra.

El Sol se formó hace unos 4.500 millones de años con estrellas moribundas.

El Sol es un tipo de estrella llamada enana amarilla. Es una estrella que emite un resplandor amarillo.

El Sol es la estrella más cercana a la Tierra. Se encuentra a 93 millones de millas de la Tierra.

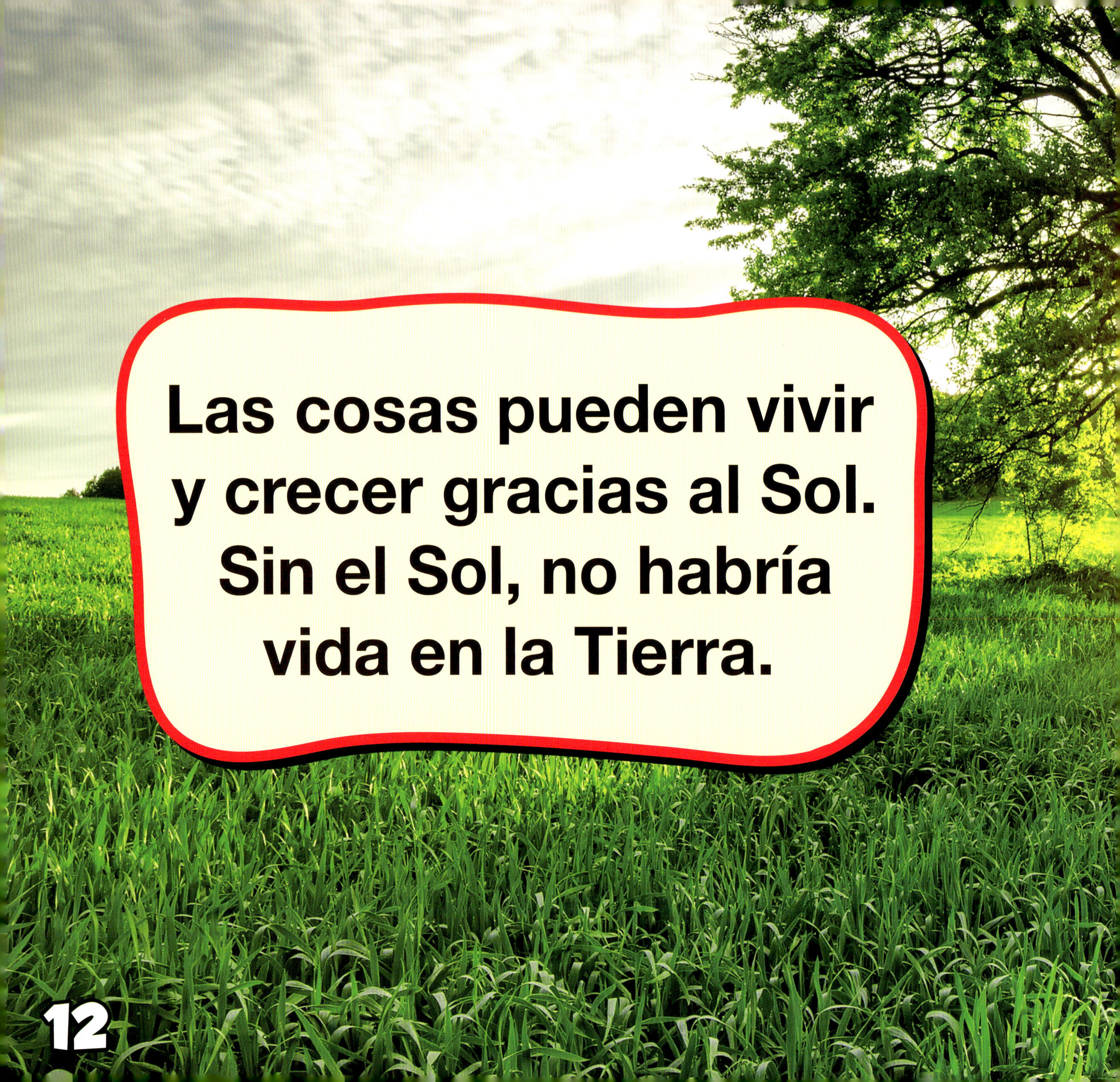

Las cosas pueden vivir
y crecer gracias al Sol.
Sin el Sol, no habría
vida en la Tierra.

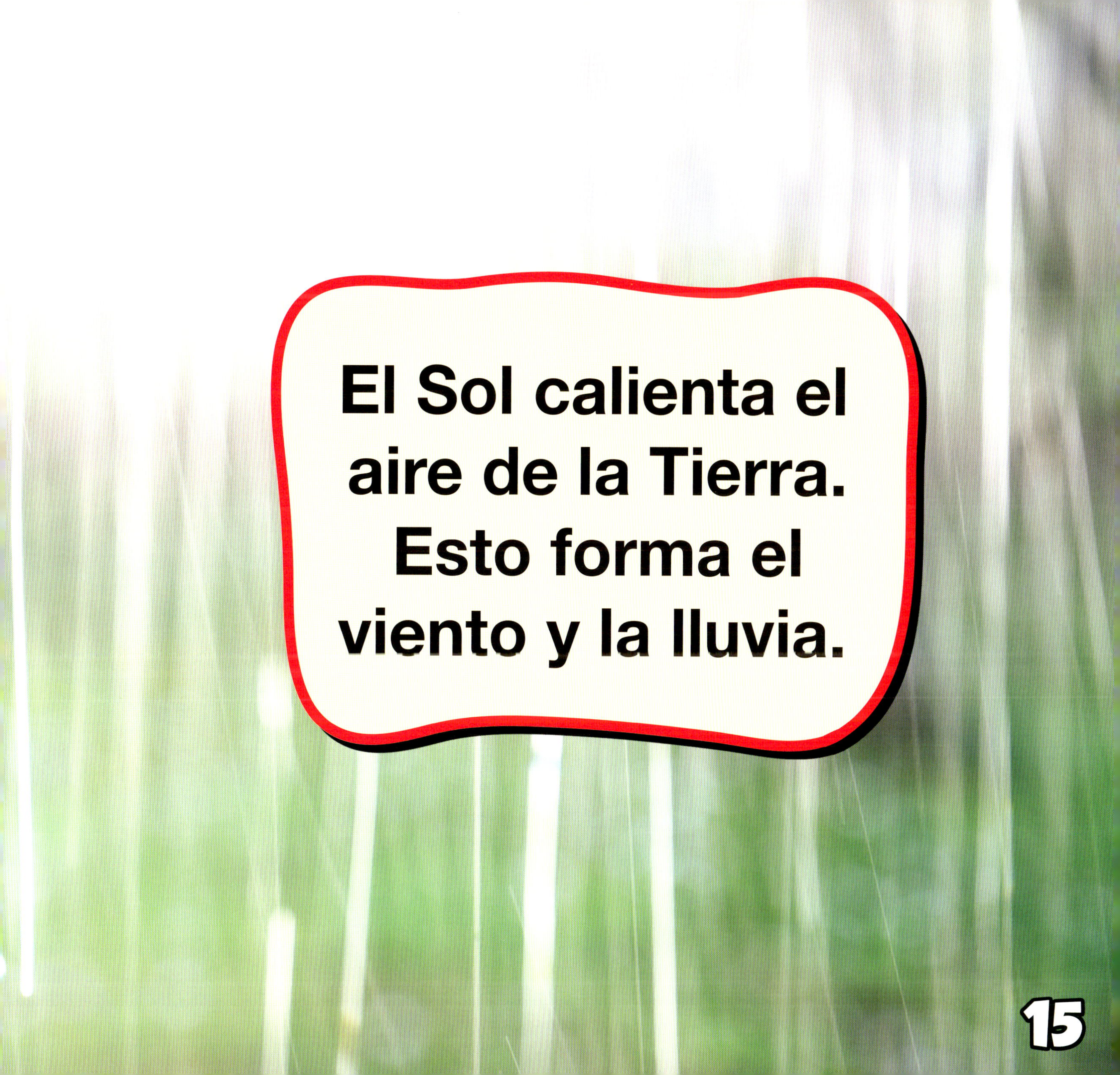

El Sol calienta el aire de la Tierra. Esto forma el viento y la lluvia.

La Tierra recorre una trayectoria alrededor del Sol. Esa trayectoria se llama órbita.

La Tierra tarda 365 días en dar una vuelta alrededor del Sol. A medida que la Tierra completa su órbita, van cambiando las estaciones.

Mientras orbita alrededor del Sol, la Tierra gira como un trompo. Una vuelta es un día.

El **Sol** es tan **grande** que en él cabrían **1.3 millones** de **Tierras**.

Incluso en una **NAVE ESPACIAL** muy rápida, se tardarían **70.000 años** en llegar al Sol desde la Tierra.

La luz del Sol tarda **8 minutos** en **llegar a la Tierra**.

La **superficie del Sol** tiene una temperatura de casi **10.000 Fahrenheit** (5.500° Celsius).

La **energía del Sol** viaja a una velocidad de **280 millas por segundo** (450 kilómetros).

El Sol tarda casi **26 días** en dar **una vuelta** sobre su eje.

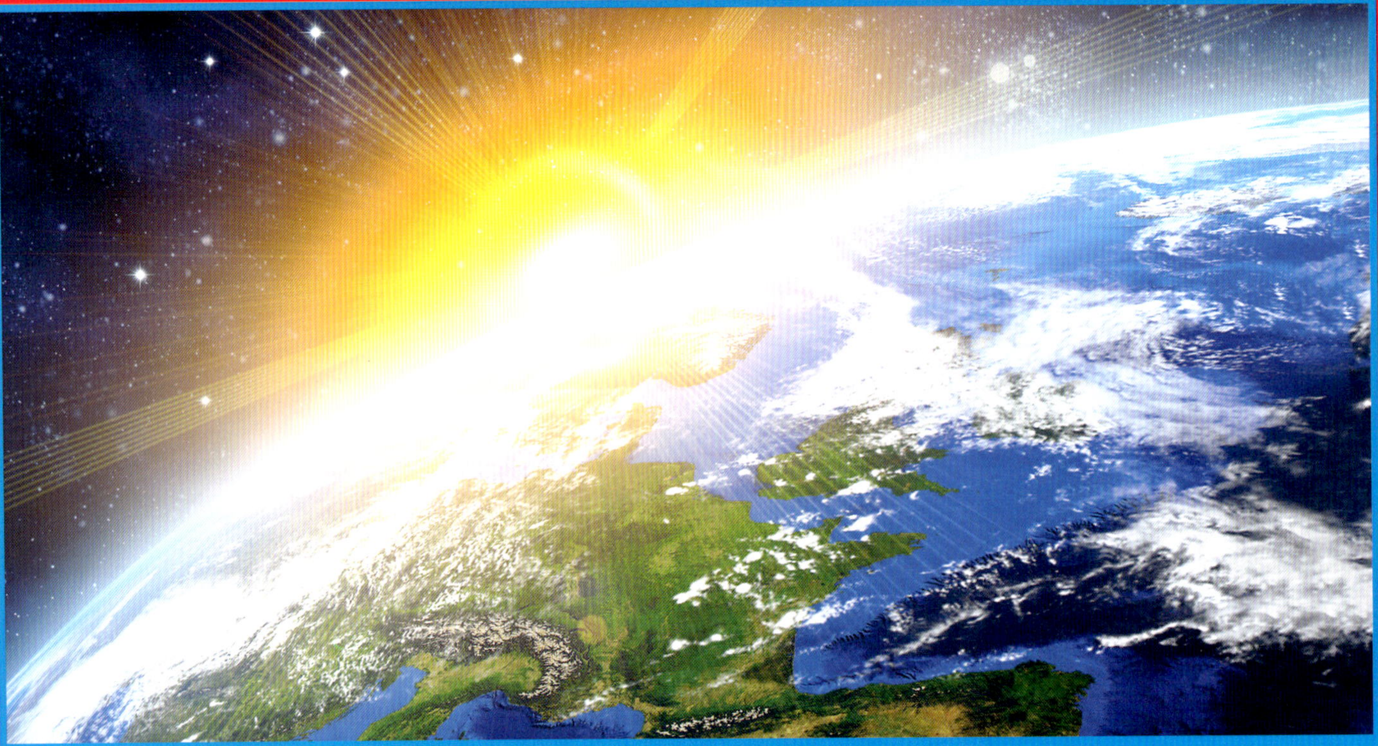

Mira
El contenido de video da vida a cada página.

Navega
Las miniaturas simplifican la navegación.

Lee
Sigue el texto en la pantalla.

Escucha
Escucha cada página leída en voz alta.

Ve a www.eyediscover.com e ingresa el código único de este libro.

CÓDIGO DEL LIBRO

AVM36955